BAND 19 DER EDITION LYRIK KABINETT

Herausgegeben von Ursula Haeusgen,
Michael Krüger und Raoul Schrott

John Burnside

VERSUCH ÜBER DAS LICHT

Gedichte

Zweisprachige Ausgabe

Aus dem Englischen und mit einem
Nachwort von Iain Galbraith

Carl Hanser Verlag

Versuch über das Licht

Like me, you sometimes waken
early in the dark
thinking you have driven miles
through inward country,

feeling around you still
the streaming trees and startled waterfowl
and summered cattle
swinging through your headlamps.

Sometimes you linger days
upon a word,
a single, uncontaminated drop
of sound; for days

it trembles, liquid to the mind,
then falls:
mere denotation,
dimming in the undertow of language.

Wie ich wachst du manchmal
früh im Dunkeln auf
und glaubst du bist durch eine innere Landschaft
meilenweit gefahren,

spürst um dich herum die Bäume
noch tropfnaß, die aufgescheuchten Wasservögel,
die sattgefressenen Rinder
im Kegel deiner Scheinwerfer taumeln.

Manchmal verweilst du
tagelang bei einem Wort,
einem einzig unverseuchten
hörbaren Tropf; er zittert

tagelang, Schmelzlaut deines Verstands,
fällt dann:
bloße Benennung,
im Sog der Sprache verblaßt.

Going to Crosshill

We landmarked that road with the silent:
the convent, the school for the deaf,
the lime trees that stood through years
gathering rains, outwearing sleeves of frost,

past where the meadows reached
for a sunrise scarlet and gold
as the flame of the Sacred Heart
on our grandmother's wall.

Remember the morning we stopped
at the holy well,
the dropped coins disappearing in the sand
like fallen souls,

and when we went to kiss her our goodbyes
that weekday evening, in the emptied room,
the silence afterwards that swallowed all
and promised nothing but the dark road home.

Nach Crosshill

Als Wahrzeichen jener Straße galten uns die Schweigenden:
das Kloster, die Schule für Taube,
die Linden, die jahrein, jahraus den Regen
einfingen, reifbedeckte Ärmel trugen;

die Stelle, wo sich die Wiesen zu einem Sonnenaufgang
erstreckten, scharlachrot und golden
wie die Flamme auf dem Herz Jesu,
das bei Großmutter an der Wand hing.

Erinnerst du dich an jenen Morgen, an dem
wir bei der heiligen Quelle anhielten,
wo unsre Münzen wie gefallene Seelen
im Sand verschwanden,

und als wir zu ihr gingen, um ihr an jenem Werktagabend
im leer geräumten Zimmer einen Abschiedskuß zu geben,
an das Schweigen, das danach alles verschlang,
nichts verheißend als den dunklen Heimweg.

The Solitary in Autumn

I am standing out in the yard
at the end of October,
building a fire of drifted leaves and twigs,
letters for kindling, apples amongst the flames,
the last of summer, dropping through the embers.

There is that perfume in the shade
that is almost viburnum,
traces of snow and water in the light,
a blankness along the canal
that waits to be filled

and, given the silence, given the promise of frost,
I might have welcomed this as something else:
the taste of windfalls moving on the stream
a faint god's partial emergence
through willow and alder.

The riverbank darkens and fades.
The garden recovers its creatures: slow worms and frogs
and blackbirds sifting the dead
in the still of the damsons.
Across the river, evening bleeds the trees,

my neighbour's garden blurs to smoke and rain;
sometimes I think that someone else is there,
standing in his own yard, raking leaves,
or bending to a clutch of twigs and straw
to breathe a little life into the fire.

Der Einsiedler im Herbst

Ich stehe Ende Oktober
draußen auf dem Hof,
mache aus Fallaub und Reisig ein Feuer,
aus Briefen Fidibus: Äpfel in den Flammen,
die letzten des Sommers, fallen durch die Glut.

Im Schatten schwebt dieses Parfum,
das beinahe wie Schneeball duftet,
im Licht Spuren von Schnee und Wasser,
am Kanal entlang ist diese Leere,
die wartet, gefüllt zu werden,

und angesichts des Schweigens, des Frosts in der Luft,
hätte ich das vielleicht als etwas Anderes begrüßt:
den Fallobstgeschmack, der vom Bach gebracht,
das scheue Erscheinen einer schwachen Gottheit
zwischen Weide und Erle.

Das Flußufer wird dunkler und schwindet.
Der Garten findet wieder sein Getier: Blindschleichen, Frösche,
Amseln, die Totes
unter den Zwetschgenbäumen durchforsten.
Jenseits des Flusses läßt der Abend die Bäume verblassen,

der Garten des Nachbarn verschwimmt zu Rauch und Regen,
und manchmal denke ich, da ist ein anderer,
der im eigenen Hof steht, die Blätter harkt,
sich bückt nach einem Haufen Zweige und Stroh,
um etwas Leben ins Feuer zu hauchen.

Swimming in the Flood

Later he must have watched
the newsreel,

his village erased by water: farmsteads and churches
breaking and floating away

as if by design;
bloated cattle, lumber, bales of straw,

turning in local whirlpools; the camera
panning across the surface, finding the odd

rooftop or skeletal tree,
or homing in to focus on a child's

shock-headed doll.
Under it all, his house would be standing intact,

the roses and lime trees, the windows,
the baby grand.

He saw it through the water when he dreamed
and, waking at night, he remembered the rescue boat,

the chickens at the prow, his neighbour's pig,
the woman beside him, clutching a silver frame,

her face dislodged, reduced to a puzzle of bone
and atmosphere, the tremors on her skin

Schwimmen in der Flut

Später muß er
die Nachrichten gesehen haben,

die Auslöschung seines Dorfes: Hof und Kirche
brechen weg und schwimmen fort,

wie nach Plan;
aufgedunsenes Vieh, Gerümpel, Strohballen

drehen sich im Strudel, die Kamera
fährt über die Oberfläche, findet hie und da

ein Baumskelett, das Dach
eines Hauses, oder zoomt auf den zottligen Kopf

einer vergessenen Puppe.
Darunter stand sein Haus, noch unversehrt,

mit Rosen und Linden, mit Fenstern
und Stutzflügel.

Er sah es durchs Wasser, als er träumte,
erinnerte sich, wach geworden, an das Rettungsboot,

die Hühner am Bug, das Schwein des Nachbarn,
die Frau neben ihm, die einen silbernen Rahmen festhielt,

ihr Gesicht verzerrt, reduziert zu einem Rebus
aus Knochen und Stimmung, das Zittern auf ihrer Haut

wayward and dark, like shadows crossing a field
of clouded grain.

Later, he would see her on the screen,
trying to smile, as they lifted her on to the dock,

and he'd notice the frame again, baroque and absurd,
and empty, like the faces of the drowned.

unberechenbar und dunkel, wie Schatten,
die über ein bewölktes Weizenfeld huschen.

Später konnte er sie auf dem Bildschirm sehen,
wie sie zu lächeln versuchte, als man sie auf den Kai trug,

und er erkennt den Silberrahmen: barock und absurd
und leer, wie die Gesichter der Ertrunkenen.

Chiaroscuro

Fixing his practised gaze
on the darkest wall,

the artist unexpectedly reveals
a martyred saint.

The ribs are trodden in,
he's crowned with thorns,

and someone has thrust a lantern to his face
to offer the *coup de grâce*.

The finest glaze
is vested in this blade;

but somewhere else, behind a veil of smoke,
the kitchen girl is lit, against her will,

turning away from the gleam
of gutted fish

and letting her own knife
trickle from her hands

as if she'd just recalled
a lover's skin;

and somewhere else,
beyond the chandler's yard,

Chiaroscuro

Auf die dunkelste Wand
richtet der Künstler

seinen geübten Blick, entdeckt
einen gemarterten Heiligen.

Die Rippen sind zermalmt,
er trägt eine Dornenkrone,

und jemand hält ihm für den Gnadenstoß
eine Lampe vors Gesicht.

Diese Klinge
bekam die feinste Lasur,

doch fällt an anderer Stelle, hinter einem Rauchschleier,
das Licht auf die Küchenmagd, gegen ihren Willen;

sie wendet sich ab vom Schimmern
der ausgenommenen Fische,

das Messer
rutscht ihr aus der Hand,

als ob ihr gerade die Haut
eines Liebhabers eingefallen wäre;

und an anderer Stelle,
hinter dem Hof des Kerzenmachers,

October begins in the furthest
angle of brick,

a thinning of the light,
a splash of gold,

the neighbours' orchards, moving slowly
closer, in the first grey wash of dawn.

beginnt im fernsten Winkel
einer Ziegelmauer der Oktober:

das Licht wird dünner,
ein Klecks Gold,

im ersten verwaschenen Grau der Dämmerung
rücken die Obstgärten der Nachbarn langsam näher.

Signs
from: ›Epithalamium‹

I want to plant the garden with forsythia;
not for its busy flowers, the strident
yellows fading to clusters
of watered cream,
and not for the coarse-haired leaves
that follow, like a clumsy afterthought;
it's just that I'd have a sign
to augur spring,
to come in from the garden, where I've stood
hanging the wash, or watching the sky for rain
and tell you:
the forsythia's in bloom.
I want to plant the beds with chionodoxa,
narcissus poeticus, iris reticulata,
lacecap hydrangeas, peonies, meconopsis,
so nothing will be missed: the smallest change,
blossom-break, first-fruit, leaf-fall,
coming snow.
I want to know when every lily blooms,
to read our garden like a favourite book
and find you, as you step in from the heat,
clouded with pollen, scented with grain and sap;
to know you as the locals know
the names of fields and long-abandoned wells,
gossip from way back,
the best place for sloes, or apples.
I want to step out at night, when you're asleep
and sit beside the pool, watching the fish:
stars on the water, the orange carp hanging in pairs

Zeichen

aus: »Epithalamium«

Ich will im Garten Forsythien pflanzen,
nicht der emsigen Blüten wegen, der schrill-
gelben, die später zu Büscheln
verwässerter Creme verblassen,
auch nicht wegen der rauhen, haarigen Blätter,
die – wie ein später Einfall – den Blumen folgen;
ich möchte bloß ein Zeichen,
das den Frühling verkündet,
und so vom Garten hereinkommen, wo ich
Wäsche aufgehängt oder den Himmel nach Regen
befragt habe, um dir zu sagen:
die Forsythien blühen.
Ich will die Beete mit Schneestolz bepflanzen,
mit Narcissus poeticus, Iris reticulata,
Tellerhortensien, Pfingstrosen, Meconopsis,
so daß uns nichts entgeht: die winzigste Änderung,
Blüten gehen auf, erste Frucht, Laubfall,
kommender Schnee.
Ich will wissen, wann jede Lilie blüht,
wie ein Lieblingsbuch unseren Garten lesen,
will sehen, wie du – von Pollen bestäubt, duftend
nach Saft und Saat – aus der Hitze trittst,
will dich kennen, wie Menschen hier die Namen von Feldern
und lange verlassenen Brunnen kennen,
das, was man sich seit jeher erzählt,
wo man am besten Schlehen sammelt, oder Äpfel.
Ich will nachts hinausgehen, während du schläfst,
am Teich die Fische beobachten:
Sterne funkeln im Wasser, die rötlichen Karpfen schweben

as if they meant to mirror one another,
making a game of likeness, matching
shadow with shadow; the patterns of colour and scale
echoed in the water as they glide,
so separate, so bright within their world,
plugged into one tight current of tension and sound,
and only a notion of difference by which
to flicker apart, and tell themselves
one from another.

in Paaren, als wollten sie sich gegenseitig spiegeln,
ein Spiel mit der Ähnlichkeit treiben, Schatten
auf Schatten; Ebenbilder in Farbe
und Größe gleiten sie durchs Wasser,
so eigen, so leuchtend in ihrer Welt,
geschaltet in einen Stromkreis aus Spannung und Klang,
und nur ein Schimmer von Anderssein,
ein Augenblick der Trennung, um sich
voneinander zu unterscheiden.

Desserts

and afterwards
travelling home
on the northbound train
my body is wired
to the flavours
of childhood:
aniseed
and mint
and something sharp
or incompletely sweetened
like the stalks
of rhubarb we would cut from old
allotments
dipped
in stolen sugar
reddled at the lips
and trying to imagine nights like this:
a butterkist warmth on my tongue
and the craquelure
of egg-yolk
and cream of the well
on the maze of your skin.

Desserts

und nachher
auf der Heimreise
im Zug nach Norden
verbindet sich mein Körper
mit den Aromen
der Kindheit:
Anis
und Minze
und etwas Herbes
oder unzureichend Versüßtes
wie jene Stengel
Rhabarber, die wir in alten
Schrebergärten abschnitten
und in geklauten Zucker
tunkten
mit rötlichen Lippen
der Versuch, uns Nächte wie diese auszumalen:
Karamelkuß-Wärme an der Zunge
und das Krakelee
aus Dotter
und frischester Quelle
im Irrgarten deiner Haut.

Well

from: ›Settlements‹

There's more to it than I thought –
more than the house, or our stilled bed
when no one is here,
the book you have left face down
on the kitchen table,
the tangle of hair in the brush, the litter of clothes
– there's more to the making of home
than I ever expected:
a process of excavation, of finding
something in myself to set against
the chill of the other,
the echo you do not hear, when I stop to listen,
the stranger who wakes in the dark from a fetid dream
of ditches and milt;
and how we go on digging when it seems
there's nothing else to find – or nothing more
than ghosts and unanswered prayers –
is part of it, though not the better part
we hoped for: it's the old need
keeps us strong.
So when I turn to say, at times like this,
that something else is with us all along
I'm thinking of that woman in the town
who told me how she worked all afternoon,
she and her husband digging in the heat, bees
drifting back and forth through currant stands,
the sound of their breathing
meshed with the weave and spin
of swallows:
how, after an hour, they struck on an unexpected

Brunnen

aus: »Siedlungen«

Es steckt mehr dahinter, als ich dachte –
mehr als das Haus oder unser stilles Bett,
wenn keiner da ist,
mehr als das Buch mit der Schriftseite nach unten,
das du auf dem Küchentisch liegen ließest,
das Haarknäuel im Besen, der Wust an Klamotten,
– zu einem Zuhause gehört mehr dazu,
als ich je erwartet hätte:
ein Prozeß des Ausgrabens, Suchens
nach etwas in mir, das gegen
die Kälte des anderen zu setzen wäre,
gegen das Echo, das du nicht hörst, wenn ich lauschend innehalte,
des Fremden, der im Dunkeln aus seinem modrigen Traum
von Gräben und Fischmilch erwacht;
und daß wir immer weiter graben, auch wenn es
anscheinend nichts mehr zu finden gibt – nichts
als Gespenster und unerhörte Gebete –,
ist ein Teil davon, wenn auch nicht der bessere,
den wir uns erhofften: die alte Not ist's,
die uns bei Kräften hält.
Wenn ich also in solchen Zeiten zu dir sage,
daß uns die ganze Zeit schon noch etwas begleitet,
denke ich an jene Frau aus der Stadt,
die mir erzählte, wie sie den ganzen Nachmittag gearbeitet hatte,
wie sie und ihr Mann, während die Bienen
zwischen den Beerenstauden umherschwirrten,
in der Hitze gruben, und wie das Geräusch ihres Atmens
sich mit Kette und Schuß
des Schwalbenflugs verwob:
wie sie nach einer Stunde unverhofft

flagstone of granite
and lifted the lid on a coal-black
circle of fresh spring water under the stone,
leaning in hard for the earth-smell of last year's fruit
then sweetness, surprising as rain, or bittern-calls,
rising like a slow, unfurling shoot
of asphodel.
                    It's what I think of now
as home: that wellspring
deep beneath the house
they tasted for an hour, then put away,
sliding the cover back, and coming in
to all they knew, immersed in the quiet purr
of radio, those voices from the air
bleeding in through swallow-songs and bees
to make them plausible again, though they had touched
what turns to black; the sifted heart of matter.

auf eine Granitplatte stießen,
einen rabenschwarzen Kreis von frischem Quellwasser
unterm Stein aufdeckten, sich sofort vorbeugten,
begierig auf den Erdgeruch des letztjährigen Fallobsts
und, überraschend wie Regen oder der Ruf der Rohrdommel,
auf die Süße, die langsam emporstieg, wie ein sich entrollender
Trieb von Affodill.
Daran denke ich inzwischen
zu Hause: die Quelle
tief unterm Haus,
die sie eine Stunde lang kosteten und dann verließen,
schoben den Deckel darüber und kehrten zurück
zur vertrauten Welt, tauchten ins ruhige Summen
des Radios ein, jener Stimmen aus der Luft,
die mit dem Schwalbengesang und den Bienen einsickerten
und sie wieder glaubhaft machten, obgleich sie berührt hatten,
was schwarz wird: das Herz der Materie.

Arrival of the Mail Boat

after Edvard Munch

It takes us years to understand
the colours of perpetual return:
grey-green on the pier; the blue of shadows;
smoke over water, or flight, or an angler's
baffled reflection;

that red in the distance – a flag,
or a woman's dress –
passing for the irretrievable;
those promised letters, cleaner and more precise
than any we ever received, in days gone by,

still in the hold, like birds, or the quiet folds
of bridal dresses, sailcloth, reams of salt.

Die Ankunft des Postschiffs

nach Edvard Munch

Jahre braucht es, um die Farben
ewiger Wiederkehr zu begreifen:
Graugrün am Pier, das Blau der Schatten,
Rauch überm Wasser, oder Vogelflug,
das gebrochene Spiegelbild eines Anglers;

jenes Rot in der Ferne – eine Flagge,
oder das Kleid einer Frau –,
steht für das Unwiederbringliche:
die versprochenen Briefe, reiner, genauer
als alle jemals erhaltenen, in früheren Tagen,

noch im Frachtraum, wie Vögel oder stille Falten
von Brautkleidern, Segeltuch, Blöcke von Salz.

The Dance of Life

after Edvard Munch

It's the summer we'll never reach:
the final
arrangement of bodies.
Flesh
given to the air
becoming light
or evening
or the memory of rain

as grass is.
It's the habitable place
we make
not of death
or absence
but of how
the dancers move together
to become
these disappearances.
No aftermath or stain
though somewhere across the lake
amongst the rocks
where someone has hauled an upturned boat ashore
– the white of the hull in the moonlight
like a sign –
their conversation carries on the wind:
promises
lies
and the rhythms we've come to expect
from the painted dark.

Der Tanz des Lebens

nach Edvard Munch

Das ist der Sommer, den wir nie erreichen werden:
                                                                                    die letzte
Aufstellung der Körper.
                                        Fleisch
der Luft anheimgegeben
                                          lichtgeworden
                                                                        oder Abend
oder die Erinnerung an Regen

wie Gras es ist.
                              Das ist der bewohnbare Ort
den wir nicht
                            aus Tod
                                      oder Abwesenheit erschaffen
                                                                                    sondern daraus
wie sich die Tänzer miteinander bewegen
                                                                          um sich in diese
Verschwundenen zu verwandeln.
                                                            Es gibt kein Nachspiel, keinen Fleck
doch irgendwo am anderen Seeufer
                                                                zwischen den Felsen
wo jemand ein umgedrehtes Boot an Land gezogen hat –
sein weißer Rumpf im Mondlicht
wie ein Mal –
trägt der Wind ihr Gespräch fort:
Versprechen
                          Lügen
                                    und jene Rhythmen, die wir inzwischen
vom gemalten Dunkel erwarten.

The Men's Harbour

Late November, Anstruther

The eider are back
                                        Formal as decoys
they sit at the end of the quay
in the day's first warmth;
Sunday: when the townsmen bring their sons
to fish off the dock,
their rods propped by the wall, the tensed lines
streaming with light;
the boys in hats and scarves and brightly-coloured
anoraks; the men
sober, reflective; wrapped in the quiet of work
that is theirs, for once, and unaccountable

and I can't help but think
there is something they want to pass on:
a knowledge they can't quite voice though it has to do
with the grace that distinguishes strength
from power.
                            Beyond the quay,
a crew of gulls is shredding refuse sacks
for morsels of fishbone, choice
oozings of yoghurt or mango.
They half co-operate, half
vie with one another, butting in
for fatter scraps, then fluttering away,
tracking the tarmac with newsprint and crusted grease.

Der Hafen der Männer

Später November, Anstruther

Die Eider sind wieder da
                                                Steif wie Lockvögel
sitzen sie am Ende des Kais
in der ersten Wärme des Tages;
Sonntag: die Männer der Stadt bringen ihre Söhne her,
um vom Dock zu angeln,
sie lehnen ihre Angelruten an die Brüstung, und die gespannten Schnüre
verströmen Licht;
die Jungen tragen Schal und Mütze, bunte
Anoraks, die Männer
dagegen nüchtern, nachdenklich, in die Ruhe einer Arbeit eingehüllt,
die endlich nur ihnen gehört, Herr ihrer selbst,

und ich kann nicht umhin zu denken,
daß es etwas gibt, das sie weitergeben wollen:
ein Wissen, das sie nicht ganz zur Sprache bringen können, das aber
mit jener Gunst zu tun hat, die Stärke
von Macht unterscheidet.
                                                Oberhalb des Kais
zerfetzt ein Pulk von Möwen Müllsäcke,
pickt nach Gräten, wählt
zwischen aussickerndem Joghurt und Mango.
Teils arbeiten sie zusammen, teils
drängen sie dazwischen, wetteifern
um die dicksten Häppchen und flattern fort,
hinterlassen Zeitungsschnitzel und verkrustetes Fett auf dem Asphalt.

There's nothing elegant in this, no special skill,
nothing save luck and speed and the odd
flutter of threat: a clownish, loud
bravado.

            Further upshore,
the sun finds the white on white
of the caravan park:
blisters of paint and distemper flaking away
from brickwork and metal;
alleys of half-kept garden between the stands;
the scalped grass dusted with frost; a single blackbird
scratching for grubs in the dirt of the island bed.

Someone has set a flag above the dock;
a thin old man in a jerkin and fingerless gloves
mending a hull, his tight lips crammed with nails,
his eyes like shells,
and others here are working on their dreams
of water: men in overalls or coats,
or muddled sweaters, scabbed with paint and rust.
Their hands are dark with oil or coiled in rope;
their bodies subtle, verging on the edge
of weightlessness; no law to hold them here,
no harboured rage.

This is the life they want, their chosen craft,
working with hooks and chains through the sea-water-cold.
Each of them knows what it is
to have been refused,
to feel the silence swelling in their throats
and nothing to be said, lest they admit
how little they care for anything but this,

Das ist nichts Elegantes und keine Kunst,
sondern nur der Zufall, und Hast, und manchmal
eine flüchtige Drohung: lauter plumpe, grelle
Prahlerei.

Weiter an der Küste entlang
findet die Sonne das Weiß-in-Weiß
der Wohnwagensiedlung:
Farb- und Leimblasen blättern
von Metall und Mauerwerk ab,
verwahrloste Gartenstreifen zwischen den Stellplätzen,
skalpierte Rasen, reifbestäubt, eine einzelne Amsel,
die nach Larven im Dreck des Inselbeets scharrt.

Jemand hat eine Flagge überm Dock gehißt,
ein dürres altes Männlein in Jacke und Halbfingerhandschuhen,
der – Nägel zwischen gepreßte Lippen geklemmt, die Augen
wie Muscheln – Risse am Rumpf eines Bootes flickt,
und auch andere werkeln hier an ihrem Traum
vom Wasser: Männer in Blaumann oder Mantel
oder schmuddeligem Pullover, geschuppt mit Farb- und Rostflecken.
Die Hände sind schwarz von Öl oder mit Seil umwickelt,
ihre Körper zart, fast schon am Rande
der Gewichtslosigkeit; kein Gesetz hält sie hier,
keine gehegte Wut.

Das ist das Leben, das sie wollen, ihr gewähltes Handwerk:
in der Seewasserkälte mit Haken und Ketten hantieren.
Jeder von ihnen weiß, wie es ist,
abgewiesen zu werden:
das anschwellende Schweigen im Hals
und doch nichts sagen, aus Furcht, man könnte zugeben,
wie wenig einem alles andere bedeutet,

wanting a life that stays
untraceable.
                    Each of them knows
and each of them makes his peace:
the burden of a given name and place
discarded in a moment's self-forgetting.

They're out at the rim of navigable space
and ready for something no one could explain,
a mystery to fathom when it comes
like starlight, or a music in the tide,
or some new vessel, coming in to land,
one cold, bright afternoon: some unknown craft
with snow on the deck, or a phantom of morning lamplight
sealed in the hull's bright paint
like the spirit of tungsten.

weil man ein Leben behalten will,
dessen Spuren sich verlieren.
                                        Jeder versteht es,
und ein jeder von ihnen ist damit versöhnt:
die Last eines bestimmten Namens und Ortes
in einem Augenblick der Selbstvergessenheit abzulegen.

Draußen am Rande des befahrbaren Raums
sind sie offen für etwas, das keiner erklären könnte,
ein Geheimnis, das zu ergründen wäre, wenn es
wie Sternenlicht oder die Musik der Gezeiten kommt,
oder wie ein unbekanntes Schiff, das
eines kalten, sonnigen Nachmittags an Land kommt: ein fremdes Boot
mit Schnee an Deck oder, im glänzenden Rumpflack versiegelt,
dem Trugbild einer Morgenlaterne
wie der Geist des Wolframs.

Field Mice

I think of them as guests.
The closest we come to wild, on this tidy street,
that odour in the shed
like hemlock, or these shreds
of paper, where we once had bulbs, or seeds;

the glide of skin and bone across a floor
recurring, in a half-forgotten dream
for weeks, no more
substantial than the wind we listen for
through talk-shows and the news; a hidden stream

of warmth and dread, alive beneath the home
we only half possess, sharing their fear,
as if our lives were scribbled on the air
or ciphered in the dust
like musk, or spoor.

Feldmäuse

An sie denke ich wie an Gäste.
Wilderes gibt es nicht in dieser biederen Straße
als jenen Geruch im Schuppen
wie von Schierling oder diese Schnipsel
Papier, wo früher Samen waren, oder Zwiebeln;

das Gleiten über den Boden von Haut und Knochen:
dieser halbvergessene Traum
wiederholt sich seit Wochen,
nicht greifbarer als der Wind, den wir durch
Talk-Shows und Nachrichten hindurch hören; lebendiger Strom

aus Wärme und Grauen, unterm Haus verborgen,
das uns nur halb gehört – wir teilen ihre Ängste,
als wären unsere Leben in die Luft gekritzelt
oder in den Staub chiffriert,
wie Moschus oder Fährte.

Animals

for Allison Funk

There are nights when we cannot name
the animals that flit across our headlights,

even on moonlit journeys, when the road
is eerie and still

and we smell the water long before
the coast road, or those lamps across the bay,

they cross our path, unnameable and bright
as any in the sudden heat of Eden.

Mostly, it's rabbit, or fox, though we've sometimes caught
a glimpse of powder blue, or Chinese white,

or chanced upon a mystery of eyes
and passed the last few miles in wonderment.

It's like the time our only neighbour died
on Echo Road,

leaving her house unoccupied for months,
a darkness at the far end of the track

that set itself apart,
the empty stairwell brooding in the heat,

the blank rooms filling with scats
and the dreams of mice.

Tiere

für Allison Funk

In manchen Nächten können wir die Tiere nicht benennen,
die durchs Licht der Scheinwerfer huschen,

sogar bei Mondlicht, wenn die Straße
unheimlich ist und still

und wir lange vor der Küstenstraße, vor den Lichtern
am anderen Ufer der Bucht, das Wasser riechen,

wechseln sie über die Straße, ohne Namen,
leuchtend wie in Edens jäher Glut.

Es sind meist Kaninchen oder Füchse, doch manchmal
erblicken wir ein Taubenblau, ein Chinaweiß,

rätselhafte Augen blitzen auf,
die letzte Strecke fahren wir voll Staunen.

So war es damals auch, als unsre einzige Nachbarin
in Echo Road verstarb:

Ihr Haus blieb unbewohnt über Monate,
ein dunkler Fleck am Wegesende,

anders als alles ringsum:
die Hitze brütete im Treppenschacht,

die nackten Zimmer füllten sich
mit Kötteln und Mäuseträumen.

In time, we came to think that house contained
a presence: we could see it from the yard

shifting from room to room in the autumn rain
and we thought it was watching us: a kindred shape

more animal than ghost.
They say, if you dream an animal, it means

›the self‹ – that mess of memory and fear
that wants, remembers, understands, denies,

and even now, we sometimes wake from dreams
of moving from room to room, with its scent on our hands

and a slickness of musk and fur
on our sleep-washed skins,

though what I sense in this, and cannot tell
is not the continuity we understand

as self, but life, beyond the life we live
on purpose: one broad presence that proceeds

by craft and guesswork,
shadowing our love.

Im Haus, so dachten wir mit der Zeit, war irgend etwas,
das wir vom Hof aus, durch den herbstlichen Regen,

von einem Zimmer zum anderen ziehen sahen,
wir spürten, wie es uns anschaute: eine Gestalt,

mit uns verwandt, mehr Tier als Geist.
Träumt man von einem Tier, so heißt es,

ist »das Selbst« gemeint, jenes Bündel Erinnerung und Furcht,
das will, erinnert, versteht, leugnet,

und jetzt sogar erwachen wir aus Träumen, in denen
wir von einem Raum zum anderen wechseln, an den Händen sein
Geruch,

unsre schlafnasse Haut
seidig noch von Moschus und von Fell;

was ich in alledem jedoch vermute, nicht direkt erkenne,
ist nicht das Fortbestehen, das wir als Selbst verstehen,

sondern ein Leben jenseits jenes Lebens,
das wir führen: ein einziges weites Dasein,

das sich durch Rätsel und Geschick entfaltet
und unsere Liebe begleitet.

Blackbird

from: ›Of Gravity and Light‹

It's not the space
between the cherry trees,

the angle of our smoke-house
or the sense

of something to be filled
above the lawn;

it's not the gaps
in matter, or the fear

of losing ground
that prompts him into song;

but, risen from the pull
of gravity,

the blackbird makes
a territory of light

and fills it with a sound
that feels, to us,

more fruit than stone, more
yolk than lacquered shell,

as if he knew
that nothing could endure

Amsel

aus: »Von Schwerkraft und Licht«

Nicht der Abstand
zwischen den Kirschbäumen,

der Winkel unsrer Räucherkate
oder das Gespür für etwas, das

über dem Rasen
gefüllt werden will,

nicht die Löcher
in der Materie, noch die Furcht,

Boden zu verlieren,
löst ihr Singen aus,

doch gegen den Sog
der Schwerkraft aufgestiegen,

schafft die Amsel
ein Revier aus Licht

und füllt es mit einem Klang,
der uns mehr

an Frucht als Stein gemahnt, mehr
an Dotter als lackierte Schale,

als wüßte sie,
daß nichts Bestand haben könne,

and relishes the fact,
calling the hen

to enter,
through the shadow he perfects

along the garden wall,
beneath the hedge,

in drainage pipes
and dead leaves shot with spore,

a kingdom for the earthbound
while we wait

for some new gaze
to reinvent the sky.

und diese Tatsache auch genießt,
ruft sie das Weibchen an,

heißt es
nun durch den Schatten hereintreten,

den sie vervollkommnet, an der
Gartenmauer entlang, unter der Hecke,

in Abflußrohren
und totem, mit Sporen durchschossenem Laub,

ein Reich für Erdgebundene,
während wir darauf warten,

daß irgendein frischer Blick
den Himmel neu erfindet.

After Lucretius

Nam quodcumque suis mutatum finibus exit,
Continuo hoc mors est illius quod fuit ante.
Lucretius

I

It happens from time to time,
on days like this

– in winter, when the air is cold
and still,

the boats at the harbour
perched on their wooden stocks,

the gaps between the houses
filled with light –

it happens that I think of all
the vanishings I learned about in childhood:

that ship they found at sea,
unanchored, blind,

the table set for lunch, the galley
filling with steam;

the blank of the lamp-room
at Flannan, where they found

Nach Lukrez

Nam quodcumque suis mutatum finibus exit,
Continuo hoc mors est illius quod fuit ante.
Lukrez

I

Es geschieht von Zeit zu Zeit
an Tagen wie diesem

– im Winter, wenn die Luft kalt ist
und still,

die Boote im Hafen
auf ihren Böcken

und die Räume zwischen den Häusern
mit Licht gefüllt –,

daß mir die vielen Vermißten einfallen,
von denen ich als Kind erfuhr:

jenes Schiff, auf hoher See entdeckt,
ankerlos, blind,

den Tisch fürs Mittagessen gedeckt,
die Kombüse voller Dampf;

oder die Leere im Lampenraum
von Flannan, wo es keine Spur

no sign of the men
who were waiting to be relieved;

the boy from a northern village, going out
at daybreak, to get kindling for a fire,

a line of footprints
stopping in the woods

and gradually erased
by morning snow.

When they speak about angels in books,
I think what they mean is this sudden

arrival at somewhere else
through a rift in the fabric,

this glimpse of the absence that forms
between two lives

– and it comes as no surprise, on days like this,
alone in the house, or walking on the shore

at evening, that I'll stop dead and recall
the disappearances my childhood self

never quite engineered,
or how it is a legend in these parts

that one bright afternoon,
in wintertime,

der Männer gab,
die auf Ablösung gewartet hatten;

und der Junge aus dem Dorf im Norden,
der bei Tagesanbruch hinausgegangen war,

Reisig für ein Feuer zu suchen,
dessen Stapfen am Waldrand aufhörten

und allmählich gelöscht wurden
vom morgendlichen Schnee.

Wenn sie in Büchern von Engeln
schreiben, meinen sie wohl dieses

plötzliche Ankommen im Anderswo
durch einen Riß im Gefüge,

diesen flüchtigen Blick auf eine Abwesenheit,
die zwischen zwei Leben entsteht

– so ist es nicht verwunderlich, an solchen Tagen,
wenn ich, allein im Haus oder abends

unterwegs am Strand, wie angewurzelt
stehenbleibe und mich erinnere,

wie auch ich vergeblich versuchte,
als Kind zu verschwinden, daran,

wie man in dieser Gegend erzählt,
daß eines hellen Nachmittags im Winter

something will come from nowhere
and touch a man

for no good reason; ice-cold on his skin
or sharp as a needle,

it finds him and moves away
and leaves no mark.

It's not what he expected, neither death
nor absolution, but a slow and painless

fall between the collarbone and wrist
that lasts for days,

and when he disappears,
amidst the thaw,

there is nothing to show he is missing,
not even

etwas aus dem Nichts auftauchen
und einen Mann berühren wird,

ohne guten Grund: eiskalt an der Haut,
scharf wie eine Nadel,

findet es ihn und ist dann weg
und hinterläßt keine Spur.

Das ist es nicht, was er erwartet hätte: nicht Tod,
nicht Erlösung, sondern ein langsamer,

schmerzloser Zerfall zwischen Schlüsselbein
und Handgelenk, tagelang,

und wenn er dann
während der Schmelze verschwindet,

zeigt nichts, daß er fehlt,
nicht einmal

an absence.

Though each thing dies
into its own becoming,
the shed skin falling away,
still beautiful:

an empty form,
but governed by the moon,
like bone,
or thaw;

and if we are the fleshed
and perishable shadows of a soul
that shifts and slides
beneath this everyday

appearance, we are bound
by greenness and decay to see ourselves
each in the other, staying
and turning aside,

as lovers do, unable to resist
this ebb and flow:
new animals, with nothing in their minds
but light and air,

the creatures
of a sudden mystery,
who hurry on
towards the difficult;

eine Abwesenheit.

Auch wenn jedes Ding
ins eigene Werden stirbt,
während die Haut, die sich
dabei löst, schön bleibt:

zwar leere Form,
doch vom Mond regiert,
wie Knochen
oder Schmelze;

und wenn wir die fleischlichen
und vergänglichen Schatten einer Seele sind,
die sich hinter dieser Scheinwelt
des Alltags verwandelt

und verschiebt, so zwingt
das Grün und der Verfall einen jeden,
sich in einem anderen zu erkennen,
zu bleiben und sich abzuwenden,

wie Liebende es tun, unfähig,
dieser Ebbe und Flut zu widerstehen:
Neugeschaffene Tiere, mit nichts im Sinn
als Licht und Luft,

Kreaturen
eines unverhofften Mysteriums,
die gleich wieder forteilen,
dem Schwierigen,

III

though never the plural:
                                        high barns filled with straw
and the flicker of errant birds
amongst the rafters,

a quiet fish-house, open to the sun,
where the packers sit turned from their work
to smoke or talk,

a litter of gut and ice
on the wet stone floor
catching the light,

or any schoolyard where the children wheel
and turn from their games
as if catching a sound in the distance

and waiting to hear it swell, to make it out:
a noise like water, say,
or gathered birds

far in the almost-heard, in the almost known,
is where it happens, singular and large
and unremarkable, like ice, or fire.

III

nicht aber der Vielzahl entgegen:
                                                    hohe Scheunen, gefüllt
mit Stroh und dem Flackern zugbereiter Vögel
unter den Balken,

eine ruhige Fischhalle bei einfallendem Licht,
wo Packer sitzen, abgewandt von der Arbeit,
und rauchen oder reden,

und wo Innereien und Eis,
verstreut auf dem nassen Steinboden,
in der Sonne glänzen,

oder ein beliebiger Schulhof, wo sich Kinder
tummeln und während eines Spiels umdrehen,
als hörten sie etwas in der Ferne

und warteten darauf, daß es lauter und erkennbar würde:
ein Geräusch etwa wie von Wasser
oder sich scharenden Vögeln,

weit weg, im Beinahe-Gehörten, Fast-Erkennbaren
ereignet es sich, einmalig, groß
und unscheinbar, wie Eis oder Feuer.

IV

Thirteen months of driving back and forth
across the sound:

the old reds and gunpowder blues
of tethered boats

or long-legged waders
stepping away through the mist

remembered as something
platonic.
              What we know

is never quite the sum
of what we find,

moving towards a light
we only half

imagine: salt-dreams
printed in the flesh,

the echo of other bodies we have borne
through blizzards, silence, unrequited loves

and always that foreign self, who never leaves
the middle-ground

yet never fully
hoves into view:

IV

Dreizehn Monate lang am Sund
hin- und hergefahren:

Ans alte Rot und Pulverblau
der vertäuten Boote

oder an die langbeinigen Stelzvögel,
die durch den Nebel schritten,

erinnere ich mich als an etwas
Platonisches.
                    Was wir wissen,

entspricht nie ganz der Summe
dessen, was wir vorfinden,

während wir uns einem Licht annähern,
das wir nur halb

erfinden: Träume aus Salz,
eingeschrieben ins Fleisch,

das Echo anderer Körper, die wir durch Schneestürme,
Schweigen, unerwiderte Liebe trugen,

und immer jenes fremde Ich, das den
Mittelgrund nie verläßt,

sich aber auch nicht
offen ins Blickfeld hebt:

a blur at the edge of the print,
that might be human:

a single
time-lapsed suggestion

of movement, that could just as easily
be something else:

a litter of rags, perhaps,
or a tended fire,

and just as we see the differing
versions of grey in the offing

as woodsmoke, or the unexpected gap
where nothing happening becomes

the drama, so we find
no space for Icarus to fall

and vanish
at the blue edge of the world,

only the usual story of some
local, who went out one afternoon

and strayed home decades later, much the same
as when he left: a story with a point

you couldn't miss,
or so it would appear,

etwas Unscharfes am Druckrand,
das menschlich sein könnte:

der einmalige
Hinweis auf eine Bewegung,

im Zeitraffer, der aber genausogut
anderes sein mag:

verstreute Fetzen zum Beispiel,
ein gepflegtes Feuer,

und so, wie wir die verschiedenen Töne
von Grau vor der Küste für Holzrauch

halten, oder wie die unerwartete Lücke,
in der gar nichts geschieht,

vor unseren Augen zum Drama wird, so finden wir
keinen Ort am blauen Rand der Welt,

wo ein Ikarus abstürzen und verschwinden
könnte, sondern nur die übliche Geschichte

von irgendeinem Ortsansässigen,
der eines Nachmittags hinausging

und Jahrzehnte später nach Hause fand,
jedoch kaum verändert war: eine Geschichte

deren Pointe kaum zu übersehen ist,
zumindest scheint es so,

living amongst your kind
in towns like this,

where truth is always local, like the thought
that comes to mind, as winter closes in,

a thought you guard against for years
until you guess

that nothing matters less
than being seen.

wenn man unter seinesgleichen in Städten wie dieser
lebt, wo die Wahrheit immer ortsgebunden ist,

wie auch der Gedanke, der einen
befällt, da nun die Tage dunkler werden,

ein Gedanke, gegen den man sich jahrelang wehrt,
bis man auf einmal darauf kommt,

daß nichts so unwichtig ist,
wie gesehen zu werden.

A Theory of Everything

Until it deals with gravity and light
and how they loose and bind
all the ten thousand things

I'll settle for that reach of sunlit track
that led out to the sea

at Mirtiotissa:

the sound of water rushing through the pines
towards us   and a scent

unfolding from the earth, to draw us in

– a history of light
and gravity   – no more –

for this is how the world
occurs: not piecemeal
                                        but entire
and instantaneous

the way we happen:

woman   blackbird   man

Eine Weltformel

Bis sie sich mit Schwerkraft und Licht befaßt
und damit, wie diese die zehntausend Dinge
binden und entfesseln

werde ich mich mit jener sonnigen Strecke
des Weges begnügen, der meerwärts

nach Mirtiotissa führte:

das Geräusch des Wassers, das durch Pinien
uns entgegenbrauste   aufsteigender Erdgeruch

der uns umhüllte

– eine Geschichte von Licht
und Schwerkraft   – nicht mehr –

denn so ereignet sich
die Welt: kein Stückwerk
          sondern von Anfang an
ein Ganzes

so wie wir entstehen:

Frau   Amsel   Mann

The Good Neighbour

Somewhere along this street, unknown to me,
behind a maze of apple trees and stars,
he rises in the small hours, finds a book
and settles at a window or a desk
to see the morning in, alone for once,
unnamed, unburdened, happy in himself.

I don't know who he is; I've never met him
walking to the fish-house, or the bank,
and yet I think of him, on nights like these,
waking alone in my own house, my other neighbours
quiet in their beds, like drowsing flies.

He watches what I watch, tastes what I taste:
on winter nights, the snow; in summer, sky.
He listens for the bird lines in the clouds
and, like that ghost companion in the old
explorers' tales, that phantom in the sleet,
fifth in a party of four, he's not quite there,
but not quite inexistent, nonetheless;

and when he lays his book down, checks the hour
and fills a kettle, something hooded stops,
as cell by cell, a heartbeat at a time,
my one good neighbour sets himself aside,
and alters into someone I have known:
a passing stranger on the road to grief,
husband and father; rich man; poor man; thief.

Der gute Nachbar

Irgendwo in dieser Straße, mir völlig unbekannt,
hinter einem Labyrinth aus Äpfeln und Gestirn,
steht er auf, zu früher Morgenstunde, nimmt ein
Buch: Er läßt sich nieder, am Schreibtisch oder Fenster,
begleitet den Sonnenaufgang, endlich allein –
ohne Namen, ohne Last, glücklich in sich selber.

Ich weiß nicht, wer er ist; ich bin ihm nie begegnet
unterwegs zum Fischmarkt, auf dem Weg zur Bank,
doch denke ich an ihn in Nächten so wie diese, wach
in meinem eignen Haus, die Nachbarn ringsum ruhig
in ihren Betten: schlummernden Fliegen gleich.

Er sieht, was ich sehe, und was ich schmecke, schmeckt er,
in Winternächten: Schnee; im Sommer: den Himmel.
Er lauscht den Vogelzügen in den Wolken
und – wie jener unheimliche Begleiter in Geschichten
alter Forschungsreisender, wie jenes Phantom im Eisregen,
der Fünfte in dem Viererbunde – ist nicht ganz da,
doch auch nicht ganz abhanden.

Und wenn er sein Buch hinlegt, wenn er nach der Uhrzeit
schaut und Wasser kocht, lauert auf einmal nichts,
während Zelle für Zelle, mit jedem Herzensschlag
mein einzig guter Nachbar sich beiseite schiebt
und sich in einen verwandelt, den ich früher kannte:
einen Fremden, der vorüberging, den es zu trauern trieb;
Ehemann und Vater, Reicher, Armer, Dieb.

De humani corporis fabrica

after Vesalius

I know the names of almost
nothing

                    not the bone
between my elbow and my wrist
that sometimes aches
from breaking
                                years ago

                                                    and not
the plumb line
from the pelvis
to the knee

less ache than hum
                                            where
in my nineteenth year
a knife blade slit through nerves
and nicked a vein

leaving the wall intact
                                                the valves
still working
so the blood kept flooding out
till Eleanor
                         a nurse on evening shift

opened the wound
and made me whole again.

De humani corporis fabrica

nach Vesalius

Den Namen weiß ich
von fast nichts

nicht vom Knochen
zwischen Handgelenk und Ellenbogen
der manchmal noch vom Bruch
vor vielen Jahren
schmerzt

auch den nicht
von der Lotlinie
zwischen Becken
und Knie

wo es weniger schmerzt als summt
wo
in meinem neunzehnten Lebensjahr
die Klinge eines Messers die Nerven trennte
und eine Vene ritzte:

Die Wand blieb heil
die Klappen
waren unbeschädigt
also floß das Blut noch immer
bis Eleanor
Schwester in der Spätschicht

die Wunde offenlegte
und mich wieder zu einem Ganzen machte.

I have no words
for chambers in the heart
the smaller bones
                    the seat of gravity

or else I know the names
but not the function:
ganglia
        the mental foramen
the hypothalamus
                    the duodenum.

Once
      in our old school library
                              I took
a book down from the shelf
and opened it to stripped flesh
                              and the cords
of muscle
          ribbed and charred
like something barbecued

the colours wrong
                    the single eye exposed:
a window into primal emptiness.

I sat for hours
            amazed
                    and horrified
as if I had been asked to paraphrase
this body with the body I possessed:
hydraulics for a soul
                    cheese-wire for nerves

Für die Innenräume des Herzens
die kleineren Knochen
den Sitz der Schwerkraft
habe ich keine Wörter

oder ich weiß die Namen
nur keine Funktion:
die Ganglien
das Foramen mentale
der Hypothalamus
das Duodenum.

In unserer Schulbibliothek
nahm ich
einmal
ein Buch vom Regal
schlug es auf und sah
abgeschältes Fleisch
Muskelstränge
gerillt und verkohlt
wie Gegrilltes vom Rost

die Farben falsch
das eine bloßgelegte Auge:
ein Fenster zur Urleere.

Ich saß dort stundenlang
erstaunt
entsetzt
als sollte ich diesen Körper
durch den, der mir gehört, umschreiben:
Hydraulik als Seele
Käsedraht als Nerven

a ruff of butcher's meat
                                        in place of thought.

I've read how Michelangelo would buy
a stolen corpse
                          to study
                                        in the dark
the movement of a joint
                                        or how a face
articulates the workings of the heart

how Stubbs would peel
the cold hide from a horse
and peer into the dark machinery
of savage grace

but I have never learned
                                        nor wished to learn
how bodies work
                              other than when they move
and breathe
                    corporis fabrica

is less to me than how a shudder starts
and runs along the arm
                                        toward the wings
that flex and curl
between the shoulder blades

– so I will lie beside you here
                                                  unnamed
until my hands recover from your skin

eine Krause aus Suppenfleisch
anstatt des Denkens.

Gelesen habe ich wie Michelangelo
gestohlene Leichen kaufte
und studierte
in der Dunkelheit
die Bewegungen der Gelenke
oder wie sich im Gesicht
das Arbeiten des Herzens widerspiegelt

oder wie Stubbs die kalte Haut
von Pferden abzog
und in die dunkle Mechanik
wilder Anmut spähte

aber ich habe nie gelernt
und auch nicht lernen wollen
wie Körper funktionieren
außer wenn sie sich bewegten
und atmeten;
corporis fabrica

bedeutet mir weniger als das Schaudern
das den Arm durchläuft
bis hin zu den Flügeln
die sich zwischen Schulterblättern
biegen und winden

– also liege ich hier neben dir
unbenannt
bis meine Hände an deiner Haut

a history of tides
a flock of birds
the love that answers love
when bodies meet

and map themselves anew
cell after cell
touch after glancing touch
the living flesh

revealing and erasing what it knows
on secret charts
of watermark
and vellum.

eine Geschichte der Gezeiten
wiederfinden
einen Vogelschwarm
die Liebe, die Liebe erwidert
wenn Körper sich begegnen

und sich neu vermessen
Zelle für Zelle
immer wieder gestreift
das lebendige Fleisch

das sein Wissen offenbart und tilgt
in geheimen Atlanten
aus Wasserzeichen
und Pergament.

One Hand Clapping

Heard melodies are sweet, but those unheard
Are sweeter John Keats

This is the tale of a man who is blind from birth:
a swaddled mind suspended in its own
momentum
fruit falls
mornings at the beach

the scent of oil or rain
the perfect sound
of running water
– what a blind man sees
by inference

and how it fails
one sunless afternoon
late in the year
the pear trees shedding their leaves
a cranefly in the wash-house
mapping a wall
like an angel at the wrong annunciation.

This is the charm we possess
in the small hours
and the world we might create
if left to our own devices
a purer space

Das Klatschen einer Hand

Gehört sind Klänge süß, doch ungehört
Noch süßer John Keats

Das ist die Geschichte von einem, der blind ist seit der Geburt:
ein umhüllter Verstand, ruhend
in der eigenen Bewegung
Obstfall
Vormittage am Strand

der Duft von Öl oder Regen
das vollkommene Geräusch
von fließendem Wasser
– was ein Blinder eben sieht
durch Folgerung

und wie es schwindet
eines sonnenlosen Nachmittags
spät im Jahr
wenn die Birnbäume ihre Blätter verlieren
und eine Schnake
eine Wand im Waschhaus erkundet
wie ein Engel bei der falschen Verkündigung.

Das ist der Zauber, der uns in den frühen Morgenstunden
eigen ist
und die Welt, die wir schaffen könnten
wenn die eigenen Entwürfe zählten:
Ein Raum, der reiner wäre

where someone wakes and whispers in the dark
till nothing
                or the thought of nothing
                                answers.

When I was nine years old
                        a favourite aunt
gave me a German village locked in glass
that when I shook it
                    vanished into snow.

It had a church
                a footbridge in the distance
lights in the windows
                    cobbles
                        painted stars.

I think I lived for months in that last house
before the bridge
                the river at my door
phantoms and bats in the roof
                        the smell of fir.

It made me think of order
                        something vast
that holds us all and never lets us slip

and out of school
                a stranger to defeat
I knew there was a word for everything
that God had spoken in the wilderness

a single word
            hallowed and round as a pearl

wo einer aufwacht und im Dunkeln flüstert
bis nichts
oder der Gedanke an nichts
Antwort gibt.

Als ich neun war, schenkte mir
eine Lieblingstante
ein deutsches Dorf, verschlossen in einer Glaskugel:
Beim Schütteln verschwand es
im Schneegestöber.

Es hatte eine Kirche
eine kleine Brücke in der Ferne
beleuchtete Fenster
Kopfsteine
kolorierte Sterne.

Ich glaube, ich wohnte monatelang in jenem letzten Haus
vor der Brücke
der Fluß vor meiner Tür
Gespenster und Fledermäuse unterm Dach
Tannengeruch.

Es ließ mich an Ordnung denken
an etwas Weites
das uns alle hält und niemals fallen läßt

und außerhalb der Schule
allem Scheitern fremd
wußte ich: Es gab ein Wort für alles das
was Gott in der Wildnis gesprochen hatte

ein einziges Wort
geheiligt, rund wie eine Perle

for the skitter and glide of the living
                                                                a proper name

for how a flock of birds is unison
swallows and terns at a breakwater
                                                              hunting the light
or starlings in the dusk above a pier

how, all at once, and travelling at speed
they gather like a cloud
                                              and come to rest

not single-minded
                                        not a thoughtless skein
of instinct
                              but the creatures of a mind
that knows what it intends.

What
        after all
                          is the sound
of one hand clapping?
The one tree that falls in the wood
                                                              that nobody hears?

Remember the myth where everyone is twinned
with something in the fog
                                                  a lighter self
that knows its way by feel
                                                  and finds us out

in rainfall
                              or the small hours

für den Flatter- und Gleitflug der Lebenden
einen eigenen Namen dafür,

wie der Vogelschwarm Einklang ist
lichtjagende Mauersegler und Seeschwalben
am Hafendamm
Stare in der Dämmerung über einem Pier

und wie auf einmal, in großer Geschwindigkeit
sie eine Wolke bilden
und sich niederlassen

nicht als Einzelabsicht
kein Chaos
der Instinkte
sondern Kreaturen eines Verstandes
der eine eigene Absicht kennt.

Was ist
schließlich
das Geräusch
von einer Hand, die klatscht?
Der eine Baum im Wald, der fällt
wenn keiner es hört?

Erinnerst du dich an den Mythos bei dem jeder einen Zwilling hat:
irgend etwas im Nebel
ein leichteres Selbst
das seinen Weg durch Fühlen kennt
und zu uns findet

im Regen
oder in den frühen Morgenstunden

finds us out
and leads us home
where danger never goes
to start again
one moment at a time
grammar and kinship
wedlock
collective nouns?

This is the story a man tells after he sees
and regrets his blindness
the damp leaves and whitewashed walls
the blood-veined wings

offensive
as he turns back to the dark
and prays to find the old machinery:

the smell of rain and grass
the ghosts in snow
those better angels
shifting in the bone.

zu uns findet
und uns heimführt
dorthin, wohin Gefahr nie geht
um neu zu beginnen
Schritt für Schritt
Grammatik und Verwandtschaft
Ehe
Sammelbegriff?

Das ist die Geschichte, die einer erzählt, der wieder sieht
und seine Blindheit zurückwünscht:
Von den feuchten Blättern, weißgetünchten Wänden
und den
mit Blut geäderten Flügeln

angewidert, wendet er sich
der Dunkelheit wieder zu
und betet, er möge zur alten Maschinerie zurückfinden:

zum Duft von Regen und Gras
zu den Gespenstern im Schnee
jenen besseren Engeln
die ihn im Mark berührten.

Anniversary

What I believe in, now,
is woodwork and sea-grass,
the blond light on country roads and occasional
glimpses of the smaller birds of prey;

or lying awake at night, with a lamp still lit
in one of the lower rooms, to feel the darkness
gather like a fleece
above the stairs,

as if the house would happily reveal
its ghosts: umbrellas dripping in the hall
and rain tracked in from forty years ago
to other mirrors, other kitchen chairs.

Old conversations echo in our hands
and voices, all our lives
continuous and ready to be told
in words and gestures: unrecorded love

and what we take for love, on nights like this,
the cellar locked, the albums put away,
and some blind creature circling in the roof,
its throat plucked clean, its feathers smudged with clay.

Jahrestag

Woran ich glaube, jetzt:
Seegras und Gebälk,
das blonde Licht auf Landstraßen, flüchtige
Blicke auf die kleineren Raubvögel, selten erhascht;

oder nachts liegt man wach, es brennt noch Licht
in einem der unteren Zimmer, man spürt, wie das Dunkel
sich wie ein Vlies
über der Treppe zusammenzieht,

als gäbe das Haus auf einmal gern
seine Geister preis: tropfnasse Regenschirme in der Diele,
eine Regenfährte von vor vierzig Jahren,
die zu anderen Spiegeln führt, zu anderen Küchenstühlen.

In unseren Händen und Stimmen
hallen vergangene Gespräche wider, fortgeführt
unser Leben lang, stets übersetzbar
in Wort und Geste: unbezeugte Liebe,

und das, was in solchen Nächten wir für Liebe halten:
der Keller abgeschlossen, die Alben weggelegt,
und irgendein blindes Tier dreht Kreise unter dem Dach,
der Halsflaum abgerissen, das Gefieder mit Lehm beschmiert.

De anima

after Aristotle

My son is learning insects
– woodlouse
bee
a line of ants
a lone fritillary.
He finds them on a flagstone or a leaf
and quizzes them
the start of dialogue and so

commencement of the soul's
unfolding
self-invention
in a world
that shifts and turns
but really has no end

and surely what we mean by soul
is something no anatomist could find,
a total sum of movement and exchange:

how winter starts along an empty street
the first snow flaring
dark into the light

a parents' conversation
overheard
between the gold of wireless
and the green
of solstice

De anima

nach Aristoteles

Mein Sohn lernt die Insekten
– Biene
Assel Ameisenstraße
einen einsamen Scheckenfalter.
Er findet sie auf einer Steinplatte oder einem Blatt
also befragt er sie
ein Dialog entsteht, und so

beginnt
die langsame Selbsterfindung
der Seele, Schritt für Schritt
in einer Welt
die sich zwar dreht und windet
und doch kein Ende findet

und was wir mit Seele meinen
ist doch das, was jedem Anatom entgeht
die Summe der Bewegung und des Tausches:

wie der Winter in der leeren Straße einsetzt
das erste Schneegestöber
dunkel vor dem Licht

ein Gespräch der Eltern
mitgehört
zwischen dem Gold des Funkgeräts
und dem Grün
der Sonnenwende

                    or the lamp I used to see
across a valley
                        thirty years ago
defined by darkness
                              and defining night.

The old anatomists would place the soul
in all the likely places
                              ventricle
and cerebellum
                        optic thalamus
and spinal cord

but surely it's more dialogue
                                        than gland
something that grows by being in the world
                                                      and not
pineal or hippocampus
                              that salt-faring spirit
floating in the dark
                              beneath the skull.

My son is learning insects
                                    millipede
and beetle
            Painted Lady
                              may- or dragonfly
and
      watching
                  I perceive how mind evolves
one meeting at a time
                              spider and fly
lizard and drowsing cattle

oder die Lampe, die ich sah
vor dreißig Jahren
auf der anderen Seite des Tals:
Bestimmt von der Dunkelheit
bestimmte sie die Nacht.

Die alten Anatomen suchten die Seele
an den wahrscheinlichsten Orten
im Ventrikel
und Cerebellum
Thalamus optike
und Rückenmark

dabei ist sie doch eher Dialog
als Drüse
etwas das wächst, indem es in der Welt ist:
nicht
Pineal oder Hippocampus
jener salzwasserfahrende Geist
der im Dunkeln
unter der Schädeldecke schwimmt.

Mein Sohn lernt Insekten:
Tausendfüßler
und Käfer
Distelfalter
Köcherfliege und Libelle
indes
verfolge ich
wie Verstand entsteht
durch jede einzelne Begegnung
Spinne und Fliege
Eidechse und träges Vieh

dolphin
skua
shapes in the tide
or months
of songbirds
in this house amid the fields
we've rented for a summer
how the sounds
and tastes go down like script
unmemorised
and not to be forgotten

like the bird
I saw one evening on my journey home –

a migrant foreigner that must have strayed
to what I knew of sky and open fields:
some northern bird perhaps
its feathers red
around the throat and chest
its hollow song
so much a question to the self I was
I came through
on the far side of the day
uncertain
plundered
given up for lost.

Delphin
Raubmöwe
Umrisse in den Wellen
oder Monate
mit Singvögeln
in diesem Haus inmitten der Felder
das wir für einen Sommer mieten
wie die Laute
und Aromen wie Schrift ankommen
nicht eingeprägt
jedoch unvergeßlich

wie jener Vogel
den ich eines Abends auf dem Heimweg sah –

ein fremder Wanderer, dorthin verirrt
wo ich den weiten Himmel und die Felder kenne:
vielleicht ein Vogel aus dem Norden
mit roten Federn
an Hals und Brust
dessen dumpfes Lied
mein damaliges Selbst so sehr in
Frage stellte, daß ich durch
diesen Tag
im Ungewissen kam:
ausgeraubt
verlorengegeben.

The Last Man to Speak Ubykh

At times, in those last few months,
he would think of a word
and he had to remember the tree, or the species of frog,
that sound denoted:

the tree itself, or the frog, or the state of mind
and not the equivalent word in another language,
the speech that had taken his sons and the mountain light;
the graves he swept and raked; the wedding songs.

While years of silence gathered in the heat,
he stood in his yard
and whispered the name of a bird
in his mother tongue,

while memories of snow and market days,
his father's hands, the smell of tamarind
receded in the names no longer used:
the blue of childhood folded like a sheet

and tucked away.
Nothing he said was remembered; nothing he did
was fact or legend
in the village square,

yet later they would memorise the word
he spoke that morning, just before he died:
a name for death, perhaps,
or meadow grass,

Der Letzte, der Ubykh sprach*

In diesen letzten, wenigen Monaten
dachte er manchmal an ein Wort,
und er mußte sich an den Baum erinnern, oder an die Froschart,
die der Laut bezeichnete:

an den Baum selber, oder an den Frosch, oder an das,
was sie in seinem Kopf bewirkten, und nicht an das entsprechende Wort
einer anderen Sprache, die seine Söhne mitgenommen hatte
und das Licht der Berge, die Gräber, die er kehrte und harkte, die
Hochzeitslieder.

Jahre des Schweigens stauten sich in der Hitze,
während er im Hof stand
und den Namen eines Vogels
in seiner Muttersprache flüsterte,

während die Erinnerungen an Schnee und Markttage,
die Hände des Vaters, Tamarindengeruch,
mit den Namen entwichen, die niemand mehr gebrauchte:
das Blau der Kindheit, gefaltet wie ein Bettuch,

im Regal verstaut.
Nichts, was er sagte, wurde erinnert; nichts, was er tat,
war Tatsache oder Legende
am Dorfplatz,

doch später würden sie sich jenes Wort einprägen,
das er an jenem Morgen gesprochen hatte, kurz bevor er starb:
vielleicht das Wort für Tod,
oder Wiesengras,

or swimming to the surface of his mind,
another word they had, when he was young,
a word they rarely spoke, though it was there
for all they knew that nobody remembered.

oder es schwamm ihm aus der Tiefe zu,
jenes andere Wort, das sie hatten, als er jung war:
Selten gesprochen, stand das Wort für all das,
was sie gewußt hatten, und woran sich niemand erinnerte.

* Der Sprachwissenschaftler Ole Stig Anderson suchte wie besessen nach Überlebenszeichen einer westkaukasischen Sprache namens Ubykh. Nachdem er erfahren hatte, daß es noch einen einzigen Menschen gebe, der diese Sprache kannte, machte er sich auf den Weg, den Mann zu finden, und traf am 8. Oktober 1992 in dessen Dorf ein. Wenige Stunden zuvor war der Mann, Tevfik Esenc, gestorben. (John Burnside)

Steinar undir Steinahlíthum

Nature offers no home
James P. Carse

Each day the evening was smaller;
and what they left behind, dimmed lamps and sheets,
figments of glass and tinder, what they used
to build these narrow houses on a marsh
they thought had reached a standstill, all the goods
and movables they prized were filmed with peat
for weeks, before they trailed out through the mist
to try their luck elsewhere.
They should have guessed
how earnestly the land conducts itself
and how it longs for stories to contain:
households and fiefdoms laid down in the dirt,
the thumbprint on a harness or a knife,
a cotton doll, a candy-coloured skirt,
gas-stoves and ledgers falling through the earth
as softly as a snowflake falls through light.

The flood they knew from reading in The Book
was sweet with God's intent, and crystal clear:
the quiet man, his face turned to the dark
above his head, his mind a sieve of doubt,
and how his neighbours wondered, when they caught
the smell of fresh-hewn wood, cedar or pine,
where, two by two, the creatures probed the air,
near panic, as they sensed the storm's descent.
The whole house slept on deck, beneath the moon,
the younger children leaning from the Ark

Steinar undir Steinahlíthum

Die Natur bietet kein Zuhause
James P. Carse

Der Abend schrumpfte Tag für Tag,
und das, was sie zurückließen, gedämpfte Lampen, Laken,
Andeutungen von Zunder und Glas, all das, was sie gebraucht
hatten,
um diese schmalen Häuser an einem Moor zu bauen,
das, so hatten sie gedacht, nicht mehr wachsen würde, alles Hab
und Gut wurde in jenen Wochen,
ehe sie durch den Nebel ausströmten, um andernorts ihr Glück zu
suchen,
von einer dünnen Torfschicht überzogen.
Sie hätten ahnen müssen,
mit welcher Strenge sich dieses Land gebärdet,
und wie es nach einverleibbaren Geschichten lechzt:
ganze Hausstände und Lehen, begraben im Dreck,
der Daumenabdruck an Pferdegeschirr oder Messer,
eine Baumwollpuppe, ein bonbonfarbener Rock,
Gasherde und Kassenbücher, die ins Erdreich sinken,
so sanft wie eine Schneeflocke durchs Licht.

Die Sintflut, das wußten sie aus der Heiligen Schrift,
war durch Gottes Vorsatz süß und glasklar:
der stille Mann, sein Gesicht der Dunkelheit über seinem Kopf
zugewandt, sein Gehirn ein Sieb aus Zweifel,
und wie sich seine Nachbarn gewundert hatten, als sie den Duft
vom frisch behauenen Holz gewahr wurden, Zeder und Kiefer,
und auch die Tiere prüften paarweise die Luft
und spürten, der Panik nah, wie der Sturm auf sie herabkam.

and peering down through fifty feet of rain
to where the grass had filmed with roe and spawn,
another Eden, undeserved, yet claimed
according to a stranger's covenant.

But this was something else: a slighter thing
and less precise: surrender to new mire,
a failure in the science of belonging,
an aberration, fading on the air.
No rainbow issued from the Father's hand,
only the small abandonment of fire
and something hidden, rot-cold in the land:
their loves and fears, their registries of blood,
abandoned to the depths, time without end,
with all they might have been, could they have stayed,
prosperous cities, scribbles in the mud,
unnumbered children, tarnish on a blade.

Alle schliefen sie nun an Deck, unterm Mond,
die jüngeren Kinder lehnten sich über die Brüstung der Arche
und spähten ins Regenwasser hinunter, fünfzig Fuß tief,
dorthin, wo das Gras von Laich und Fischmilch überzogen war:
ein anderer Garten Eden, unverdient, doch eingefordert,
gemäß eines Fremden Bund.

Aber das hier war etwas anderes: eine geringere Angelegenheit
und weniger genau: Kapitulation vor neuem Morast,
Versagen in der Wissenschaft der Zugehörigkeit,
Verirrung, die sich in Luft auflöst.
Kein Regenbogen als Gnade Gottes,
sondern lediglich der kleine Abschied vom Feuer
und etwas Verborgenes, im Boden Morsch-Kaltes:
ihr Lieben, ihre Ängste, die Register ihres Blutes,
den Tiefen überlassen, für alle Zeit,
samt dem, was sie hätten sein können, wären sie geblieben,
blühende Städte, Gekritzel im Schlamm,
Kinder ohne Zahl, das Angelaufene an einer Klinge.

For a Free Church

I The body as a metaphor

We only imagine it ends
like childhood, or rain:
fever, the purl in the bone, the amended
lustre of the self, all shell and glitter,

as if it had long been decided
that flesh is a journey,
something immense in the blood,
like a summer of locusts,

or something not quite visible, but quick
as birchseed, or the threading of a wire
through sleep and rapture, gathering the hand
that reaches from the light, to close, or open.

Für eine freie Kirche

I Der Körper als Metapher

Lediglich in unseren Vorstellungen endet es
wie die Kindheit oder der Regen:
Fieber, Perlnoppen im Knochen, bereinigter
Glanz des Ichs, alles Hülle und Schillern,

als wäre es längst entschieden,
daß das Fleisch eine Reise ist,
etwas Immenses im Blut,
wie ein Sommer voller Heuschrecken,

oder etwas nicht ganz Sichtbares, aber flink
wie Birkensamen, oder ein Draht, der sich durch Schlaf
und Wonne fädelt und die Hand annimmt,
die, aus dem Licht gereicht, sich schließt oder öffnet.

II Si Dieu n'existait pas, il faudrait l'inventer

No one invents an absence:
cadmium yellow, duckweed, the capercaillie
– see how the hand we would name restrains itself
till all our stories end in monochrome;

the path through the meadow
reaching no logical end;
nothing but colour: bedstraw and ladies' mantle;
nothing sequential; nothing as chapter and verse.

No one invents the quiet that runs in the grass,
the summer wind, the sky, the meadowlark;
and always the gift of the world, the undecided:
first light and damson blue *ad infinitum*.

II Si Dieu n'existait pas, il faudrait l'inventer

Niemand erfindet eine Abwesenheit:
Kadmiumgelb, die Wasserlinse, der Auerhahn
– schau, wie die Hand, die wir mit Namen nennen möchten,
zurückweicht,
bis alle unsere Geschichten einfarbig enden;

denn der Weg durch die Wiese
findet kein logisches Ende;
nichts als Farbe: Bettstroh und Frauenmantel;
nichts Fortlaufendes; weder Kapitel noch Vers.

Niemand erfindet die Stille, die durch die Gräser zieht,
den Sommerwind, den Himmel, den Lerchenstärling;
und immer das Geschenk der Welt, Unentschiedenes:
erstes Licht und – ins Unendliche – Pflaumenblau.

III Prayer

Give me a little less
with every dawn:
colour, a breath of wind,
the perfection of shadows,

till what I find, I find
because it's there,
gold in the seams of my hands
and the night light, burning.

III Gebet

Mit jedem Morgengrauen
gib mir etwas weniger:
Farbe, einen Hauch Wind,
die Vollkommenheit der Schatten,

bis ich das, was ich finde,
finde, weil es da ist,
Gold im Falz der Hände
und das Nachtlicht, das brennt.

IV Wanderlust

Last day of harbour;
rain, and the lull of gospel

clouding the sweet hiatus
of home and kirk.

Mice in the oat-bin,
honey bees snagging the nets,

and, slowly,
from the stockyards in the town,

the scent of beasts arrives;
the biblical;

rudderless gazes
turned to a farmer's sky.

IV Wanderlust

Letzter Tag im Hafen;
Regen, und die wiegende Botschaft

vernebelt die süße Lücke
zwischen Haus und Kirche.

Mäuse in der Hafertonne,
Honigbienen verfangen sich in den Netzen,

und langsam,
vom Viehhof in der Stadt her,

der Geruch von Tieren;
Biblisches;

haltlose Blicke
suchen den Himmel des Bauern.

Idir eathara

from: ›Le Croisic‹

and still the dead are with us,
every day,

coming inland from the point: the meagre dead,
touched with the salt of distance,
marked with the blue

of oyster beds
their faces glimpsed and lost
along the treeline, on another shore;

and surely those others are here,
the still unborn,
the scent of a world to come
on their eyelids and fingers,

the names they will acquire and wear away
swelling to fit the wind, or burnt by the sun;

though nothing shows: the still of afternoon
continues, while a man in overalls

works on his boat;
a girl walks to the beach,
pushing a wheelchair: her mother, say,
or a friend

of the family, timeworn and empty handed
and leaning
just a little

Idir eathara
aus: »Le Croisic«

und noch sind die Toten unter uns,
jeden Tag

kommen sie von der Landzunge her, landeinwärts: diese mageren Toten,
vom Salz der Ferne berührt,
gezeichnet vom Blau

der Austernbänke,
ihre Gesichter, flüchtig erblickt, am Waldrand schon
aus den Augen verloren, an einem anderen Strand,

und sicher sind die anderen auch hier,
die Ungeborenen,
deren Augenlider und Finger
den Duft einer künftigen Welt ausströmen,

deren Namen, die sie erhalten und abtragen werden,
anschwellen, um Wind einzufangen, oder von der Sonne verbrannt sind,

obschon sich nichts davon zeigt: die Ruhe des Nachmittags
hält an, der Mann im Overall

werkelt an seinem Boot,
ein Mädchen läuft zum Strand
und schiebt einen Rollstuhl: ihre Mutter vielleicht,
oder eine Freundin

der Familie, verbraucht, mit leeren Händen,
die sich
kaum merklich

into something
faraway: a frequency,
a sky
that no one else can see,
another time

unfolding in the light that finds her out
and passes through the needle of her eye:
a form

as colourless as birth
or memory.
Maybe she knows she is going

to meet them again, and maybe she knows their names:
children who drowned in the ocean at Port aux Rocs,

the great-aunt who fell through a dream
of apples and new-washed linen

at Le Paradis.
The man at the edge of the water sets aside

his tools, pulls off
his goggles, and looks to see

how much there is still to do: paint-stains and oil
on his fingers, his sea-coloured eyes

deepened with the years
of ocean light;

he belongs to another time, to the guesswork and craft
of some old clan of seafarers, ready to leave

in etwas
Weitentferntes hineinlehnt: eine Frequenz,
einen Himmel,
den kein anderer sehen kann,
eine andere Zeit,

die sich im Licht entfaltet, das sie aussucht
und sich durchs Öhr ihres Auges fädelt:
eine Form,

farblos wie die Geburt
oder das Gedächtnis.
Vielleicht weiß sie, daß sie sie wiedersehen wird,

und vielleicht weiß sie ihre Namen:
die Kinder, die bei Port aux Rocs im Ozean ertranken,

die Großtante, die durch einen Traum
von Äpfeln und von frischgewaschener Wäsche

in Le Paradis stürzte.
Der Mann am Ufer legt

sein Werkzeug beiseite, zieht
die Schutzbrille aus und schaut

was noch zu tun ist: Mit Farbflecken und Öl
an den Fingern, mit den meeresfarbenen Augen,

tiefer geworden
durch Jahre im Seelicht,

gehört er einer anderen Zeit an, dem Rätselraten und Handwerk
irgendeines alten Seefahrerclans, dessen Söhne jederzeit

at a moment's notice, given up for lost
so often, they were traded to the sky

in every song or prayer they left behind
for others to sing or whisper in the dark,

while they sailed on, with the dead
and the unconceived,

betrothed to the space they had glimpsed,
but could never explain

a mile from all they knew: the chapel; the harbour;
the laughter of women; the music of midsummer's eve.

bereit waren, auszulaufen, und so oft
als verloren galten, daß in jedem Lied oder Gebet,

das die Hinterbliebenen sangen oder im Dunkeln flüsterten,
sie als Pfand dem Himmel anbefohlen wurden,

derweil sie selbst mit den Toten und den Ungezeugten
weitersegelten,

jenem Raum versprochen, den sie flüchtig erblickt hatten,
aber nie erklären konnten,

eine Meile entfernt von allem, was sie kannten: der Kapelle,
dem Hafen, Frauengelächter, der Musik der Mittsommernacht.

An Essay Concerning Light

O nobly-born, listen. Now thou art experiencing the Radiance of the Clear light of Pure Reality. Recognize it. O nobly-born, thy present intellect, in real nature void, not formed into anything as regards characteristics or colour, naturally void, is the very Reality, the All-Good.
The Tibetan Book of the Dead (tr. W.Y. Evans-Wentz)

I Scotlandwell

All summer long, I waited for the night
to drive out in the unexpected gold
of beech woods, and those lighted homesteads, set
like kindling in the crease-lines of the dark,

catching a glimpse, from the road, of huddled dogs
and sleepless cattle, mustered in a yard
as one flesh, heads
like lanterns, swaying, full of muddled light;

light from the houses television blue,
a constant flicker, like the run of thought
that keeps us from ourselves, although it seems
to kindle us, and make us plausible,

creatures of habit, ready to click
into motion. All summer long,
I knew it had something to do
with looking again, how something behind the light

Versuch über das Licht

O Edelgeborener, höre zu. Jetzt erfährst du die Strahlung des Klaren Lichtes Reiner Wirklichkeit. Erkenne sie. O Edelgeborener, dein jetziger Geist, seiner wirklichen Natur nach leer, nicht zu irgend etwas wie Merkmalen oder Farbe geformt, natürlicherweise leer, ist die wahre Wirklichkeit, die Allgute.
Das Tibetanische Totenbuch (übers. v. Louise Göpfert-March)

I Scotlandwell

Den ganzen Sommer lang wartete ich auf die Nacht,
um ins unverhoffte Gold der Buchenwälder
hinauszufahren, an beleuchteten Gehöften vorbei,
die wie Kleinholz glommen, gelegt in die Furchen der Dunkelheit,

im Vorbeifahren der flüchtige Blick auf kauernde Hunde
und wachendes Vieh, zusammengedrängt auf einem Hof,
wie aus einem Fleisch, mit wiegenden, laternenähnlichen
Köpfen, schwer mit trübem Licht,

Licht von den Häusern, fernsehblau,
ein beständiges Flimmern, wie der Gedankenfluß,
der uns von uns selbst trennt, obschon er uns
auch anzufachen scheint, uns glaubhaft macht

als Tiere der Gewohnheit, ständig bereit,
uns in Bewegung zu setzen. Den ganzen Sommer lang
wußte ich, daß man noch einmal hinschauen müßte,
daß etwas, was sich hinter dem Licht verbarg,

had gone unnoticed; how the bloom on things
is always visible, a muddled patina
of age and colour, twinned with light or shade
and hiding the source of itself, in its drowned familiar.

uns entgangen war, daß sich immer nur ein Firnis
auf den Dingen zeigte, eine undurchsichtige Patina
aus Alterung und Farbe, gepaart mit Licht oder Schatten,
ihre Quelle versteckt, im Vertrauten ertrunken.

II The book of living and dying

By the time there is nothing to shed
there is something to gather,

the new life catching its breath
and kicking in,

no more substantial, at first,
than the promise of snow,

but a darkening, nevertheless,
in the fabric of light

where everything unmade
begins again.

Hard to imagine a last voice fading away
when the brightness opens

and not admire a system where the dead
go singly towards the light – and with such good grace –

adding, or taking away,
from here, or forever,

no more than a random droplet
of morning rain

adds to the river: a far cry
and scarcely a ripple.

Wenn nichts mehr abzugeben ist,
ist etwas aufzunehmen,

neues Leben, das Atem holt
und Dasein zeigt,

kaum greifbarer, am Anfang,
als eine Verheißung von Schnee,

gleichwohl ein Dunkeln
im Gewebe des Lichts,

wo alles Unfertige
wieder beginnt.

Kaum vorzustellen, wie eine letzte Stimme verhallt,
wenn das helle Licht aufgeht,

ohne ein System zu verehren, in dem die Toten
sich dem Licht annähern, einzeln, und so willig,

und nichts mehr dazugeben und von hier
oder für immer wegnehmen

als das, was ein beliebiger Tropfen
des morgendlichen Regens

einem Fluß beigibt: ein ferner Schrei
und fast kein Kräuseln.

III New morning

On some days it feels like a gift,
flaws in the line of a sumac becoming

linnets, or finches,
strayed from a roadside verge,

the cat from the nearby farm
picked out, where its body remembers

stalking
                    – on days like this,
late in July, the night heat shaping itself

to a body I might have possessed,
had I learned before now

how empty it was
                                        and how ready
to enter the light.

III Neuer Morgen

An manchen Tagen scheint es wie ein Geschenk:
Brüche im Umriß eines Sumachs,

die zu Bluthänflingen werden, oder Finken,
vom Grünstreifen am Straßenrand her verirrt,

die Katze vom Nachbarhof, dort
ausfindig gemacht, wo ihr Körper

sich ans Pirschen erinnert
                                        – an Tagen wie heute,
im späten Juli, da die Nachthitze sich

zu einem Körper verdichtete, den ich mir
zu eigen hätte machen können, hätte ich gewußt,

wie leer er schon war
                                    und wie bereit,
ins Licht zu treten.

IV Interanimation

All afternoon
there was something alive in the hedge

– a blackbird, I thought, or a thrush;
though nothing sang –

while the cow fell, then got to her feet,
only to fall again, her hind-legs

collapsing under the weight, as we tried
to set her right: her mad eyes

staring – though not at us, who were
irrelevant
                distracting her from what she almost

saw behind us, looming like the dusk
of someone else's day, not hers, or ours,

a darkening
that still might be transformed

to music in the hedge: blackbird, or thrush,
returning from the light, to claim its own.

IV Gegenseitige Erleuchtung

Den ganzen Nachmittag lang
regte sich etwas in der Hecke

– Amsel, dachte ich, oder Drossel,
obwohl kein Singen war –

derweil stürzte die Kuh, kam wieder auf die Beine,
stürzte abermals, ihre Hinterbeine

unfähig, ihr Gewicht zu tragen, während wir
sie zu stützen versuchten und sie mit wilden Augen

starrte – freilich nicht auf uns, die wir keine Bedeutung
für sie hatten,
                        eine Ablenkung bloß waren von dem, was sie

fast schon hinter uns sah: etwas wie die Dämmerung
eines Tages, der nicht ihrer und nicht unserer war,

ein Dunkeln, das sich
in eine Musik der Hecke verwandeln könnte:

Amsel oder Drossel, die aus dem Licht
zurückfände, um zu nehmen, was ihr gehört.

V Abridged

As children we thought it meant
what it seemed to say,

as if two cities stood on either bank
of one enormous river,

the first overcrowded, busy with trade
and betrayal,

the second pared down
to essentials: a clouded bazaar,

a boy on his way to church
in the midsummer heat,

and someone in a kitchen, eating
pomegranates, while the wakeful dead

wandered away, through side streets
and dusty squares,

with all they could carry: a fish-knife,
a string of pearls,

a story, begun in childhood,
or halfway through marriage,

the one thing they should have
completed, the light everlasting,

passing from one to the next
in a cradle of skin.

V Gekürzt

Als Kinder glaubten wir, es bedeute das,
was es uns auch zu sagen schien,

als stünden sich zwei Städte gegenüber
auf den beiden Ufern eines Stroms,

die erste überfüllt, emsig mit Handel
und Verrat,

die zweite auf das Wesentliche
beschränkt: einen dunstigen Basar,

einen Jungen, der in der hochsommerlichen Hitze
in die Kirche ging,

und jemand in einer Küche,
der Granatäpfel aß, während die Toten ruhelos

durch Seitengassen und über staubige Plätze
mit allem davonzogen,

was sie tragen konnten: ein Fischmesser,
eine Perlenkette,

eine Geschichte, begonnen in der Kindheit
oder im Laufe einer Ehe,

dieses einzige, was sie vollenden
mußten, das ewige Licht,

das vom einen auf den anderen überging,
in einer Wiege aus Haut.

VI The art of dying

There are those who say we can choose,
when the moment comes:

a shape stealing home from the woods, a loping fox,
or the smallest of birds, come in through an open

window
              – firecrest, or wren –
a flutter against the wall, or a ribbon of music;

and, sometimes, a friend or a lover,
twenty years on,

the old hurts dissolved,
ambivalence forgotten.

Me, I would take the back road, out by the loch:
a moorhen in the reeds, the flush of dawn,

and no-one behind me, calling; again and again,
go into the light
                         nobly-born
                                        go into the light.

VI Die Kunst des Sterbens

Manche sagen, wir dürfen wählen,
ist der Augenblick gekommen: eine Gestalt,

die durch die Wälder heimschleicht, einen trabenden Fuchs,
den kleinsten aller Vögel, hereingeflogen durchs offene

Fenster
– Sommergoldhähnchen oder Zaunkönig –
ein Flattern gegen die Mauer, eine Schleife aus Musik,

bisweilen einen Freund oder Liebhaber,
zwanzig Jahre danach,

die alten Wunden geheilt,
die Ambivalenz vergessen.

Ich aber würde die kleine Straße nehmen, draußen
am See: ein Teichhuhn im Schilf, Morgenröte,

und niemand hinter mir, der immer wieder ruft:
geh ins Licht,
Edelgeborener,
geh ins Licht.

Nachwort

»Die Ankunft des Postschiffs« schildert John Burnsides Begegnung mit einem Gemälde des norwegischen Malers Edvard Munch, doch das kurze Gedicht führt den Betrachter in eine Landschaft, die – so paradox es auch klingt – noch zu malen wäre, in eine Landschaft, oder besser vielleicht in einen Zwischenraum oder an eine Grenze, wo es das eine nicht mehr und das andere noch nicht gibt: wo also ein Zustand herrscht, der nicht zu Ende gemalt werden *kann*. Für diesen labilen Bereich der Übergänge und Verwandlungen hat Burnside einmal in einem Aufsatz und als Titel eines seiner Gedichte den sich aus dem Irischen herleitenden Begriff »idir eathara« verwendet: ein utopisches Dazwischen, in dem alles möglich ist und wo verschiedene Möglichkeiten sogar gleichzeitig existieren können.

Beim Betrachten des Bildes von Edvard Munch sehen wir freilich eine Alltagsszene am Meer, die Ankunft eines Dampfers im Hafen. Im Vordergrund stehen oder sitzen verschiedene Menschen am Kai, die – scheinbar selbstvergessen – mit kleineren Booten beschäftigt sind, ins Wasser oder träumend vor sich hin starren. Das Gemalte erinnert an Hafenszenen – auch sie schließlich Orte des Austausches und des Wechsels –, wie sie immer wieder in Burnsides Gedichten zu finden sind: etwa an das verhaltene Treiben in »Der Hafen der Männer«, wo Männer des Dorfs Anstruther, eines ehemaligen Wohnorts des Dichters an der schottischen Ostküste, an ihrem »Traum vom Wasser werkeln« und »in der Seewasserkälte mit Haken und Ketten hantieren«. So gewöhnlich ihre Tätigkeiten auch anmuten, leben diese »Männer im Blaumann« jedoch – selbstvergessen wie die Hafenbesucher bei Edvard Munch – an der Schwelle des Unerhörten, in einem Noch-nicht-Gewordenen, das sich, wie es im Gedicht heißt, »am Rande des befahrbaren Raums« befindet: »offen für etwas, das keiner erklären könnte«, für irgendein »unbekanntes Schiff« vielleicht, »das eines kalten, sonnigen Nachmittags / an Land kommt« und ihre Welt für immer verwandeln wird.

Auch »Die Ankunft des Postschiffs« von Edvard Munch scheint ein »Geheimnis« zu bergen: Am Pier im Hintergrund, oder an der Reling eines anderen Schiffs, hat sich eine kleine Menschenmenge wie zur Begrüßung des einlaufenden Dampfers eingefunden. Täuscht der Eindruck, oder steht – bei aller Unscheinbarkeit der Geschehnisse – etwas Spektakuläres bevor? Wird hier etwas Großes erwartet, irgendeine wichtige Person gefeiert? Können die Hoffnungen der Wartenden sogleich erfüllt werden? Die Tatsache, daß die Szene nichts zeigt, was über das Alltägliche hinausgeht, könnte das den Betrachter beschleichende Gefühl erklären, daß die wahre Bedeutung des Bildes nicht in ihm zu finden ist, sondern gleichsam als künftiger, erst zu denkender Moment angekündigt werden soll. Aber auch dieses Gefühl ist etwas, was aus dem Gemälde selbst hervorgeht. In einem Essay zitiert Burnside den Satz von Ludwig Wittgenstein: »Nicht *wie* die Welt ist, ist das Mystische, sondern *daß* sie ist.« Burnside spricht auch vom »großen Spektakel des Realen« und vom Gedicht als jenem Raum – William Carlos Williams, der Burnside in jungen Jahren als Mentor galt, nannte den Raum des Gedichts ein »Aktionsfeld« –, in dem die Fülle des Alltäglichen in der Jetztzeit, die Einheit des Physischen und Metaphysischen sowie gerade auch die Flüchtigkeit des Erlebten gegen ihre Fragmentierung und Nivellierung behauptet und zelebriert werden können. Im Anklang an Wittgenstein fügt er hinzu: Das Wissen um das *Wie* und das Zelebrieren des *Daß* bieten die Grundlage für ein sinnvolles Wohnen in der Welt.

Ut pictura poesis: Im Gedicht von John Burnside kann die Szene, die in Munchs Gemälde dargestellt ist, zwar nicht zu Ende gemalt werden, doch das lesende Auge könnte eine Welt aus Buchstaben und Worten schaffen, in der etwas Neues und Sinnvolles ankommen kann, in der die Farben und Formen, zumal ihre Beziehungen zueinander, wie zum ersten Mal entdeckt werden. Will der Leser jenen Sinn begreifen, der im Gedicht allmählich ans Licht tritt, kommt er also nicht umhin, sich – im Sinne von W. C. Williams – als Aktionist zu gerieren. Sein Auftrag: die Splitter einer verlorenen, aber hier auch »versprochenen« Welt zusammenzufügen, die Risse der fragmentierten Wahrnehmung zu heilen. In »Die Ankunft des Postschiffs« scheint allerdings das Reale, zumal als *unio*, in der Wasser, Luft, Steine, Pflanzen, Tiere und Menschen, Schwerkraft und Licht ein erfahrbares Ganzes bilden könnten, unwiederbringlich verschollen zu sein. Ihr Geheimnis, die mystische Chiffre des Zusammengehörens, liegt im Verborgenen. Am Ende des Gedichts wird die Verheißung der Wiederkehr dennoch bekräftigt – auch wenn »die versprochenen Briefe« im Bauch des ankommenden Schiffes ihre Adressaten niemals erreichen werden. Das Gedicht mündet in eine Gedankenfigur, die Paul Valéry einmal als »zögerliches Tasten zwischen verschiedenen möglichen Gedanken« beschrieb: die Briefe, so heißt es in den letzten Zeilen von Burnsides Gedicht, sind *wie* »Vögel oder stille Falten / von Brautkleidern, Segeltuch, Blöcke von Salz«. In einem Gespräch zitiert Burnside Hannah Arendt: »Die Metapher ist unsere Möglichkeit, die Einheit der Welt anzustiften.« Die metaphorische Steigerung beschwört die Zusammengehörigkeit der Kontexte. Das Gedicht beginnt das Bild zu Ende zu malen: Durch die semantische Überlagerung der sich bisher fremd gegenüberstehenden Domänen – Brief, Vogel, Brautkleid, Segeltuch, Salz – beginnt ein verheißungsvoller Verkehr zwischen ihren diversen Konnotationen. Ein Drittes entsteht: eine Formel, die »die zehntausend Dinge« (»Eine Weltformel«) – zumindest für die Dauer des Gedichts – zueinander führt.

Iain Galbraith

Nachweise

aus: **Common Knowledge** (Secker and Warburg, London 1991)
Like me, you sometimes waken

aus: **Feast Days** (Secker and Warburg, London 1992)
Going to Crosshill

aus: **The Myth of the Twin** (Jonathan Cape, London 1994)
The Solitary in Autumn

aus: **Swimming in the Flood** (Jonathan Cape, London 1995)
Swimming in the Flood

aus: **A Normal Skin** (Jonathan Cape, London 1997)
Chiaroscuro
Signs (aus: ›Epithalamium‹)

aus: **The Asylum Dance** (Jonathan Cape, London 2000)
Desserts
Well (aus: ›Settlements‹)
The Arrival of the Mail Boat
The Dance of Life
The Men's Harbour

aus: **The Light Trap** (Jonathan Cape, London 2002)
Field Mice
Animals
Blackbird (aus: ›Of Gravity and Light‹)
After Lucretius
A Theory of Everything

aus: **The Good Neighbour** (Jonathan Cape, London 2005)
The Good Neighbour
De humani corporis fabrica
One Hand Clapping
Anniversary
De Anima

The Last Man to Speak Ubykh
Steinar undir Steinahlíthum

aus: Gift Songs (Jonathan Cape, London 2007)
For a Free Church
Idir eathara (aus: ›Le Croisic‹)
aus: The Hunt in the Forest (Jonathan Cape, London 2009)
An Essay Concerning Light

Inhalt

EDITION LYRIK KABINETT BEI HANSER

Herausgegeben von Ursula Haeusgen,
Michael Krüger und Raoul Schrott

Ranjit Hoskoté
Die Ankunft der Vögel
Gedichte
Herausgegeben und aus dem Englischen
von Jürgen Brôcan
112 Seiten. 2006

Christoph Meckel
Seele des Meeres
Gedichte
80 Seiten. 2006

Charles Simic
Mein lautloses Gefolge
Gedichte
Aus dem Amerikanischen von Wiebke Meier
120 Seiten. 2006

Haris Vlavianos
Nach dem Ende der Schönheit
Gedichte
Aus dem Griechischen von Torsten Israel
Mit einem Nachwort von Joachim Sartorius
104 Seiten. 2007

Derek Walcott
Der verlorene Sohn
Ein Poem
Zweisprachige Ausgabe
Aus dem Englischen und mit einem
Nachwort von Daniel Göske
214 Seiten. 2007

Jan Volker Röhnert
Metropolen
Gedichte
112 Seiten. 2007

Pere Gimferrer
Die Spiegel. Der Öde Raum
Gedichte
Zweisprachige Ausgabe
Aus dem Katalanischen von Axel Sanjosé
140 Seiten. 2007

Uroš Zupan
Immer bleibt das Andere
Gedichte
Aus dem Slowenischen von Fabjan Hafner
96 Seiten. 2008

Rutger Kopland
Dank sei den Dingen
Ausgewählte Gedichte 1966 – 2006
Aus dem Niederländischen von Mirko Bonné und Hendrik Rost
Mit einem Nachwort von J. M. Coetzee
92 Seiten. 2008

Lars Gustafsson
Die Sonntage des amerikanischen Mädchens
Eine Verserzählung
Aus dem Schwedischen von Verena Reichel
96 Seiten. 2008

Göran Sonnevi
Das brennende Haus
Ausgewählte Gedichte 1991 – 2005
Auswahl, Übersetzung aus dem Schwedischen
und Nachwort von Klaus-Jürgen Liedtke
136 Seiten. 2009

Bei Dao
Das Buch der Niederlage
Aus dem Chinesischen und mit einer
Nachbemerkung von Wolfgang Kubin
109 Seiten. 2009

Mohammed bin Rashid Al Maktoum
In der Wüste findet nur der Kluge den Weg
Aus dem Arabischen von Leslie Tramontini
Ausgewählt und mit einem Nachwort von
Joachim Sartorius und einer Anmerkung von Claudia Ott
Kalligraphien von Ismat Amiralai und farbigen Abbildungen
92 Seiten. 2009

Patrizia Cavalli
Diese schönen Tage
Ausgewählte Gedichte 1974 – 2006
Zweisprachige Ausgabe
Aus dem Italienischen und mit einem Vorwort von Piero Salabè
Mit einem Nachwort von Giorgio Agamben
160 Seiten. 2009

Gino Chiellino
Landschaft aus Menschen und Tagen
Gedichte
Mit einer Selbstbetrachtung des Autors
80 Seiten. 2010

Rolf Haufs
Tanzstunde auf See
Gedichte
128 Seiten. 2010

Stanley Moss
Gedichte
Zweisprachige Ausgabe
Aus dem amerikanischen Englisch
von Hans Magnus Enzensberger
128 Seiten. 2010

Nora Bossong
Sommer vor den Mauern
Gedichte
96 Seiten. 2011

www.lyrik-kabinett.de

3 4 5 15 14 13 12 11

ISBN 978-3-446-23496-3

Einbandgestaltung: Peter-Andreas Hassiepen unter
Verwendung eines Fotos © imago / imagebroker
Satz im Verlag
Druck und Bindung: Kösel, Krugzell
Printed in Germany